歌集

暁の声、群青の風

徳重龍弥

青磁社

暁の声、群青の風＊目次

徳重龍弥歌集

暁の声、群青の風

Ⅰ　即興的に

まゆこもるこころのうちにすぎこしの記憶は風の、嵐のように

あたたかな冬の一日に北へゆくあなたが写す逆光の湖《うみ》

東風吹かば　とおくはなれし言の葉が震えて鳴りぬその音楽に

昔からよく沼の夢をみる。沼の夢は、いつもどこか懐かしく、あたたかい。

河骨の花を見る夢　その前は沼の水が涸れ魚死ぬ、夢

音楽は、即興的に鳴りはじむ　交互にひかり射し込みながら

空をゆく鳥は途方もなく暗く　喉のかわきをその音楽で

ここは昔いちめん葦がはえていて金色の夕べとなりにけるかも

あらゆる時間は、「同時に並行して」存在する。

ミカヅキの傾く夜にうまれましょうしんしんしんしん舟上りゆく

白梅のしろよごれつつさんがつは、すがれるものは流れゆくもの

ひとすじの冷たい瀧である　何を求めるでもない冷たい水の

深山にある瀧の姿は、どこか肉体を持たない静かな「心」のようである。

人間の目というのは、いつもかなしく、どこかおびえている。怖がることはないのに。

樹の上ににんげんの目を持つ鳥がいていたらどんなに残酷だろうか

霧のなかに黒毛の馬のあらわれてその眼球にうつる現実

イメージはすべて映像的だとは限らない。あらゆる感覚を伴う。

海底に鋼は沈み冷えてゆく　音楽はささやかな強弱のなかに

拒まれて月の大河にわれ一人乗せて渡舟は岸を離れつ

II　天空と湖

湖にきらめく波のおおければきりぎしに立つごとく立つわれ

かなしみに空みあげれば槍のごと額をつらぬく太陽のひかり

髪のなかにかくれた耳をさがすため湖のほとり歩いていたり

つむじからさしこむひかり全身に行きわたるまでとべない鳥

頭を抱けばみずうみとなり碧碧ときみのめぐりに芽吹く草木

長い髪にふれているとき重力はここちよく我を支配している

耳もとをうるさき風の吹きぬけて光まばゆく飛び立ちにけり

くさはらにいのちは満ちるひかりつつ風はながれて君の足元

さびしくて耳のかたちを確かめる光をなくした指先ばかりが

湖はひかりを満たし暮れてゆくあなたの頭蓋の中なるような

まぼろしの鳥がとんでゆく天の底へ底へと落ちてゆくように

君は髪をながく長くのばし続けるいきものを覆いつくすまで

水の上に鋭きひかりふりまいて風のぼりゆくその声とともに

閉ざす眼に尖りゆくもの美しく風ふけばきこえる樹樹の囀り

粉糖のように光はこぼれてきてまるいせかいのじかんが進む

触れようと手をのばせば届かずに風の切っ先に指は触れたり

ゆうかげは睫毛の先におりてきてまばたきすれば包まれる泪

影をもたぬ湖の前に影をもつたましいがきてかなしむゆうべ

銃声がひびいたあとの静けさにまばたきをする意識だけある

ゆっくりと影をうしなう背後より菌糸のような闇の降り来て

水深く落ちてゆくひかり眠りつつ眠りつつそら蒼くたそがる

うしがえるのごとき性欲やってきて人間のままきく天空の音

ふあふあとひろがっていく闇があり私はきっと何かを放った

その指は触れざるままにほどかれて昏き大地の上にありたり

みずうみをふちどる闇のなかにいてみずうみを見る湖に入る

しんどうはこまくにふれてしばらくはわが無意識の中を漂う

群青闇の階段をおりていくほどにはっきりとして故に我あり

ぜんたいはうしなわれて　瑠璃色のいしだけがこの掌のなか

Ⅲ　遡る、あるいは流れゆく空

黙礼の後、坐りて窓の雨だけを、無音の雨のこえだけを聴く自分という他者を、または他者という自分を考える。それは限りなく愛に近い。

その影が扉を押して入り来る、あなたは私でかつてのわたし

ざわりざわり手触りのある影はらむ常緑樹ある向こうがわの暗

心、というのは、いくらでもあかるくなれる。

梅花藻の尾のごとゆらぐ水なかに白きはな咲くしろきこころの

ひとつ川を遡るように目を閉じる　さくら棕櫚の葉かげろう岩魚

対岸をはなれる舟のせつなさで手をふるひとの白くなりゆく

つまり時間の流れは、一定ではないのだ。

遠岸に釣りをするひとの煌きてまた糸を垂る　時の深処へ

き　私　べんち　じどうはんばいき　黒く倒れて冬の広場に

くろい水の流れに石を投げる　底に落ちたと思えるまで何度も

絶望なんてものは、ない。あるのは、おそらく強い自我。

カーテンの襞の折り目に家中の絶望がくる　沼のようだ

いつか見た沼の暗さがいつまでも漂いており顔の真横に

遠ざけたおもいはときにうつくしく木蔭の下に光量を増す

崩れつつくずれずにある木洩れ日の眩しさ　振り返る日々というは

軒先にたてかけてある自転車の前を過ぎればかごは明るし

夕光は坂なだらかにくだりきてわが足元にひらかれており

円になりウクレレ鳴らす女性たちを土手に座って長く見ていし

ゆうぐれに君を想えばゆらゆらと立ちあらわれるまっすぐな水路

いつまでも止まない雨をみていれば光を集める眼《まなこ》となれり

自転車にひだまりをのせてゆく人の通り過ぎれば鈴の音する

沼、というのは、底が深いのか浅いのか、わからない。だからいいのだ。

万年筆にインクを満たしてゆくときの昏さは森閑とした沼、沼

暗緑の沼のようなる眠たさに春に別れし幾人かの笑み

飴色の長椅子に座り雨の日は来ない電車をいつまでも待つ

手の甲に貼りつきていし花びらを傘とじるとき取りくれし人

叶わぬとふたたび知りて見る月の小さくあれば雲にかくれる

空、ながれる雲ながれない月あなたに出会う前のしんとした月

還らざるわたしの声は夜の空にかすみとなりて残りいるべし

一丁の豆腐を提げてゆうぐれは知らない路地に入りたくなる

街灯の白いひかりに照らされるマンホールの上を大きく跨ぐ

かすれた声で歌いだす夜はいつもより早く散りゆく私なりけり

木の葉より洩れくる光全身に銃弾のように浴びている午後

ぱらぱらとページをめくる指がありページを戻す薫風がある

雨上がりの空を見上げる雨上がりの鼻のあたまに風ふれてきて

ばらばらになりたるわたしの断片を集めるように目を瞑るなり

風のおとをきいてきいて夕暮れはあなたの影を踏みにゆきたし

後ろへと過ぎさる日々のただなかに祈りのように我がいるなり

バスの窓を強くうつ雨の散弾をどうにもならぬものとして見る

新雪をひたすら食べる夢をみて目がさめればまだ降っている雨

君の電車が行ってしまえばゆうぐれて架線柱は遠くまであり

雨つぶは頬を無残に濡らすもの　言葉は遠くへ届かないもの

鳥の棲む樹々をつつめる緑葉のおもてあかるし、よわく降る雨

遠くまで行って戻れないくらいに海をみつめて海になりたい

波のおとの緩慢なるを貝のうちに聴くこともなく過ぎてゆくそら

就職もせずあの頃海を見にきては蝶形骨をあかるくひらいて

あの頃はうつくしいものはひとつしかないような生き方をして夏に

波音はたえず鼓膜をふるわせて立ち上がりたる思慕のつめたさ

強くつよく握りしめていたものが空をゆくひたすら鳥になって

あらゆる現実は、心象風景になりうる。気づいたら鳥を飛ばしたりして。

岬というつくしい音をリフレインす遠くとおくへ光をなげる

おんがくにならないようななるようなきらきらきらきら鳥の群

少女たちの波打ち際にたわむれるその翅のひかり瞼にあつし

海のはてをゆらゆら船はすすみゆく痛さの消えた口内炎に舌が

引く波と寄せる波とがぶつかりて沸騰するごと泡をなしたり

切実な祈りのごとし波打ち際の光のカーブを歩いていけば

灯台のつよいあかりがわが裡のなにかを照らす強く一瞬

わが胸のかたくてかたくて何故にぶつかってくるものがあるのか

海上に小さく月はもてあまし綾なす波間にただよう翳が

たたなづく海の暗きを見つめいる一点の傷に光はうまれ

流れゆく雲をそのまま見ていればそのまま雲になったという人

私は、雲にはならない。

Ⅳ

Adagio Andante／揺れる

季節は繰り返す。本当に私は過去、現在、未来の並行する時間の中にいるのだろうか。

春夏秋冬《はるなつあきふゆ》　君をおもえど君はなくみずは流れるほうへ流れる

鏡面につきかげは満ちてきみ唄うとおりゃんせ、とおりゃんせ

ながい髪を右肩によせうなじにはとめ金まるくひかりていたる

肩に少し足りない髪をかきやりて金魚のような耳、左だけピアノはとうの昔に弾けなくなった、いやおそらく満足に弾けたためしもないのだ。

かつて我が書きし譜面のタイトルに雨多く降る　Adagio Andante

処分されしピアノの一鍵一鍵を夢の浜辺にあつめていたり

ただ一度弾かぬと決めて傷のように弾けなくなった自分が残る

頬杖をついて雨ふる音を聴いている不揃いなのは何であったか

うしろから君を抱くときまみどりの森あらわれて我を呑み込む

ゆく風は花のにおいを遠くへと帆をはる舟のはやさで運ぶ

ふる雨は近づくものの音消して銀のひかりを守りていたり

すれちがうこころをのせてゆくような時雨のなかの一輛電車

急行が止まらない町に住みたいと誰か言っていた雨のホームで

風吹けば楓わかばの一枚が押し出さるるごとわが前に落つ

三角の爪をぐいぐいひきよせるおとこの手元がきらりと光る

原色の花のあふれる花舗を出て緑道の木蔭に蟻の行列長し

電線でつながっている家と家　君にいわれてうつくしい電線

ボールが転がってきたら投げ返そうと思えど帰りたりひとり

からからと補助輪つきの自転車がひなたの道を行き来しており

たばこ屋の奥の座敷のちゃぶ台に畳まれたままの新聞のある

テーブルに伏せる頭のてっぺんの髪をおこして風ふきぬける

そよ風に揺れて応える葉のようになりたくて五月ひとり旅をせり

一行のうたをあなたが起こすとき鼻梁にふれるかぜのうまれる

四方から吹いてくるかぜ感じつつ三半規管の渦の中におり

思うままにめぐらざりけり水面にうつらぬ我の呼び戻されて

坂道を自転車おしてあがる間に東馬込一丁目の街灯ともる

何をするわけでもなくて夜の雲が白くしろくゆくほうを見る

自らの影を追いつつゆく猫をよるの道にみて部屋に入りたり

日に焼けた背表紙の本を取り出して時間が動きだすまでの静寂

ふんわりと風に押されるカーテンに指で触ればひいてゆく風

朱の鳥居くぐるひとなき境内にどこへも行かず三輪車あり

あたらしい夏がくるたび遠ざかる光のような大きてのひら

大太鼓たたきそこねた音がして形あるものうたれはじめる

夕立の過ぎたあとには遠くから風ふいてきてひとりになりたし

おうちだにの水の流れをのぼりつつ蛍火を見るからだのうせる

ひとのこえだけ聞こえる暗闇の奥のくらやみにホタルはいたり

たましいと声だけになり暗闇にひかる蛍を追いかけており

遮断機があがれば誰もいない道　うすれつつある我かもしれず

寝転んで花火を見たり思い出が花ひらくたび閉じられてゆく

朝顔がしらないうちに咲いていていて破れていたり夕立のきて

夕立に濡れて走ればだんだんとかなしくなりて走るのをやめたり

水を撒くひとの前をとおりすぎ足あとつけて坂くだりゆく

こんじきのお面をつけて子供らは路地のまなかで花火しており

しゃぼん玉と線香花火買ってきて夜の卓におく袋のままに

からみあいし影のことなど思い出すふたりで影を撮り合いし土手

石段をのぼりくるひと地中から出てくるように頭より出る

日枝神社管絃祭の境内にきつねのようなひと多くいて

濁りつつ濁りつつ月は光増す　廂の下に伸びる人影

仲秋の月の光を背にあびて耳とがりゆく君といるかな

月はいま上天に満ちており見上げるわれの頭蓋はしまり

管絃の音を聴きつつ流れゆく雲のあわいに赤坂の月

きいーんとそらにとどまる満月を誰かの記憶のごとく見つめる

大きさを変えつつ空を渡りゆくスーパームーンの裏側の闇

半月のひかりに雲は影を持つなだりの町をまだらに過ぎる

爪がのびゆくをみる夜はかなたより風をあつめて風がくるなり

窓の外の緑があまねく濡れていく雨の時間に、惜別はあり

雨の日が続く九月の午後の空に、一輪の花　捧げてかなし

たとえば空を飛んでゆく鳥を見つめる時にはそれを追い詰めるように

ゆうぐれの橋の欄干ゆびさきでこんと鳴らせば帰りたくなる

停車してドア開きたればゆうぐれの枯野のひかり四角に入る

端っこにひとりで座り連結のじゃばらの揺れをずっと見ており

飲む食べるまた飲む君の咽《のみど》へと秋の陽射しはじんわり及ぶ

とつとつとあなたのことばふるような雨あたたかなこの駅を去る

ことば、というものを、つきつめて考えていけば、あなたの声でしかない。

手をのばせば摑まえられたそのひかり二度拒みたり林の中で

橋をわたるバスの中よりただひとり鳥に餌をやる少年を見き

声、というのは、わたしの感情、というよりも、ときに漠とした、心だ。

ふるえる声の先に降り続く雨の林があってわたしは叫ぶ鳥だ

つかのま声をなくせる　夏空は窓を隔てて黄色く滲む

太陽のエネルギーを、取り入れたくて歌にした。

太陽を口にいれたら熱かろう吐き出してもまだ燃え続けいる

待たせることも待つこともうしない炎天にある熱を摑んで

風が吹けば葉は揺れて風がやめば光が揺れるあと何年の若さ

V

blue black midnight

東京という都市は、鳩の感情のように騒がしく、希望と絶望が交錯している。

都市の高層は煙りつつループするbeat　あるいは感情の類

斜めに入り乱れダンスする光線の、顔色あおきもうひとりの我

燈が消えし東京タワーの鉄骨の黒き巨大の死のごとくある
この都市の哀愁のごと湾岸の運河をすすむ曳船くらき
窓から見る遠き埠頭のあかい灯をかつての自分のようだと思う
流れなき運河にかかる橋渡る暗きおもては暗きままにして

アイスティーに草書のような文字を書きミルクを混ぜる匙のつよきが

東京湾をしびとのように動けるタンカー見つつ三十三歳となる

公園にひかりの扇ひろげつつ夜警は五階のわれに気づかず

何本も電車が過ぎるを見ていたるこの橋が重い　落下しそうに

汐留の高層ビル群を見上げつつ暗き空へと落下してゆく

壊されしビルの残骸の片隅に追われし影のかたまりている

地下を出て地上の闇にまぎれゆく我の輪郭ほのかに冷めて

東京の月は、存在感が希薄だが、それを一瞬でも見た人の心に、痕跡を残す。

薄雲にぼおっと月はそんざいし、わが存在は金輪の際

救急車のサイレンの音に躍動する鳩の感情は、まったく渦だ

労働の毒に酔いたるメール文近づいてくれば深く息吸う

隙間からスカイツリーは伸びていてだれかを悼む冷たい光

タワーは雨に消されてカフェに飲む珈琲カップの硬き把手は

どこかに蒼き砂漠があるという空想はグラスの氷が動くまで

ネットカフェの灯《あかり》のしたに開きいる新聞の文字暗く整う

≫81　スレ立てるほどではないが戦争はしないほうがよい

ぎがんだるま　という落書きを毎日にみれば恐ろしぎがんだるま

埠頭には黒きコンテナ鎮もりて武器庫のように艶やかに照る

多くひとが屠られてゆくまちである　運河に映る灯をみる

真っ黒い川は流れの表情をみせず夜景のなかを蛇行せり

谷底に風の渦巻くスクランブル交差点　棒立ちの影とぶつかる

ガード下の壁の落書き照らされて梵字のごとく浮き上がりたる

非常階段を顕わにみせて雑居ビルの裏は金属音のつめたさ

目に視えないものは存在しない。想像力がないなあ、本当に私たちは。
あまねく電波ゆきかう街中を想像してごらんよ、感情的に

2019/1/13

一曲目「希望について」照明は踊る彼女たちの影ふかくする

青き鳥、影を半身にいだきつつステージの上に見るは、光か

その眸に広く静かなふゆのうみ見るごとし　君はおおきな愛だ

残業で遅くなりたる車窓には雨の樹がたつ　闇深く持ち

スマホから視線をあげて地下鉄の車内で叫ぶ顔をさがせり

噴水のむこうに無数のまばたきがこちらをみている飛沫の間に

雨が砂塵のごとく降っている　汐留ビル街の底《そこい》にいれば

ビル街を反射してくるひかり受けカフェの窓辺に動くペン先

まならに発火するもの感じつつ高層階へ雨の都市あがる

突然のはげしき眩暈にしゃがみこむホームに犇めく人間の脚

暗く太き川の流れははりつめて押し黙らせた感情に似る

うつぶせに並ぶ車を見下ろして夜の観覧車回り終えたり

光がひかりを追い抜いて追い抜かされて首都高速竹芝桟橋

夜の底に氷を落とす冷蔵庫　托鉢の僧のぬっとした黒

繊毛のごときがおちる夜の屋根におそらく木霊が月を見ている

東京の夜明けは、大地がうまれるときのように静かで厳かで、美しい。

あかときのくらきblueに染まりたる体《たい》はしずかに欄干に寄る

VI

dance dance

標本の蛾がいっせいに飛び立とうとして紛争が戦争になる

放水で応戦したる船と船のはざまに識らず夏の虹たつ

この部屋の扉をあける手、影が森の白雨に濡れしあのころ

ざわざわと森の葉音は不安なる西の砦の崩壊を告ぐ

声や想い、というものは、私を離れて消えておらず、どこか別の場所にある。

春の夜にかぞえる羊に黒もいてときに暴れて数えなおしたり

夢の中で悪魔は弱し弱けれど目覚める間際に抵抗したる

声がない冬の公園に池がありその池に棲んでいる、ぼいす

雲のなき冬空とおく見上げては意識のそこに濁りたる、みず

人間というのは、実に不可思議な、いきものである。

この町はいずれ森になると夕闇にまぎれるものが吾に云いたり

今夜そらから何かふってくる気がしてベランダから掌をだす

若さ、というのは振動数の多い、一種の高エネルギー状態のことなのだろう。

振り切れないメトロノームの針のごと収まりてゆくわが青年期

振幅の速きプレストにあわせてメトロノームは野を駆ける馬

軋むのは何か　諍いに奥まったところの満ち潮引き潮白い月

性欲は薄靄のように一艘の舟かくしつつ沖へ向かうか

八幡宮にはばたく鳩をはばたかせみひらきている空の青きが

さみどりの水辺の縁にかがよえるひかりを掬う掌よあれ

緊張のゆるみたる春の池の面に水鳥の水尾いつまでもあり

ほそき枝は陽をまといつつ揺れており弱く吹きたる風に遅れて

遠くから誰かに名前を呼ばれたし春の光のおぼろげなれば

あなた、と誰か呼ぶとき来てくれるあなたが先に幸福であれ
水をふくんだ筆先で都市のタワーは消されたり春の霖雨に
暗渠へと入りゆく川に木洩れ日のささやかな光踊りていたり
雨雲の上を過ぎゆく帆船を夢想しながら会議はじまる
吹き抜けのガラス天井に映される人の歩きにはげしく打つ雨

人が言うことになべて疲れたる春　まなざしを落として休む束の間

支配構造《システム》を芝生のうえに投げやりて太陽に向けて嘘をしたり

一日中われのめぐりに降る雨を聴きつついれば指が冷えたり

雨の音は耳の奥へと落ちてゆき消えてゆきたり私の奥へ

三日後の逢瀬の約束夢にして見知らぬあなたの声の残りぬ

喧嘩して家を出るわれの妄執がたどりつきたる夜の公園

影だけが夜叉のように揺れながら夜の公園になにに思うなく

夜に鳴く蟬のおさなし外灯はわが影を引きわが影を消す

街灯のひとつひとつの灯の下にゴミ袋ありしろく艶めく

レースカーテンを透けて入りくる陽光は我に及ばずただにまぶしき

カーテンに折りたたまれる夏の影　ブルーの朝顔いつも萎れて

まっしろな夏のひざしの尖端のかがよう見ればうしなわれしか

カーテンのレールは鈍き光沢を横に走らせ行き止まるなり

産卵を終えたるごときあかるさが窓辺にありて少年期はるか

瞬きをするあいだにも増える死が光りつつ見ゆまなうら震え

感情の狭間はざまにエレベーターで見る夏の青きあおき空強し

大屋根に夏のひかりは集まりて一羽の鳥の影をふかくす

叫ぶでも叛《そむ》くでもなく夏の空　死があることを忘れさせない

知らぬ女と海岸沿いを逃げてゆく夢のあいまに余震ありたる

雨の日は、雑音が消され、思索を深めるのにちょうどいい。

雨の日が続く朝の通勤にぼんやりと聴くJohn Coltrane

口を開け歯の治療する雨の日は森の巨樹のようこころはしずか

樹の蔭に雨をながめて、その雨の感情に寄せて追いかける音

一脚の椅子が置かれし窓際に無音の雨が降り継いでおり

夕ぐれて月のぼるころかたばみの黄色の花は閉じたり固く

月光のなかにだらりと鯉幟垂れさがりおり色をうしない

隣家の屋根のうろこにたたまれる月かげ昏く開くこの胸

夜の雲は向こうの空に低くあり形《なり》をかえつつ闇を覆うも

夜の雨のおとを消したりいちにんの好意を拒む遙かなる沖

Ⅶ　竹富島／生殖の神々

お墓の前で宴している島人《しまんちゅ》の声おおきくて十六日祭

宿に着けばなごみの塔にまず上り竹富全島眼下におさむ

塔の上に風受けるときこの島は海原をゆく船であるべし

満月はアイヤル浜より昇るというアイヤル浜は人行かぬ浜

アイヤル浜に次の日行きたり蝶がいる叢ふかき道の果てなり

旅人はカフェに集まり遅くまでゆんたくしておりその前を過ぐ

夜になれば海辺の草叢にフーフーと鳴く獣いて姿の見えず

桟橋に夕日を見るために集いくる観光客のひと影は濃し

ある人は立ってある人は座って夕日を見ている桟橋の先

ヤドカリを一所に集めて遊びたり夕日をながく背中にうけて

黒い顎でブチブチ草を食べている牛あまたおり島の北側

汗をかき車ひきゆく水牛のくらいひとみのような月のそら

集落の端までくれば満月のひかりはいよいよ明るさを増す

月の出に潮も満ちきて桟橋に足を垂れれば水面にもつく

出作りにゆきし人あり西表へとこの桟橋よりサバシに乗りて

水牛車の三線の音の過ぎゆけばまた歩き出す観光客は

満月のひかりをあびて桟橋にくらげのように漂いており人

島人の子供に自転車競走を申し込まれて余裕で勝ちたる

桟橋の入り口に軽トラやってきて夕日沈めば帰りゆきたり

西表の島影きょうはくっきりとコンドイ浜に迫りつつある

桟橋に月を見にゆき牛の叫びはげしくなりたる集落に入る

牛の叫びは世持御嶽の暗闇の向こうがわから鋭くきこゆ

デイゴの木に月光はさし御嶽まえの広場にぎわう幻を見む

島を廻り島の真中にいることの安らぎを得て深く眠りぬ

月隠る世持御嶽の闇なかにデイゴの樹幹しろく浮かびき

ニーランの御石の後ろに海上の神の道見ゆ夕照りは来て
夕ぐれのコンドイビーチにブルドーザー現れ浜をならし始める
海上に黒煙あがるを見ていたりさんぴん茶一本飲み終わるまで
ンブフルと牛叫びいる北側に濃い暗闇とぬるき島風

Ⅷ 沼／泡沫

まなぶたがあたたかくなる沼になる、あかるい闇はあなたのようだ

あなた、という言葉は、非常に普遍的で愛に満ちた、ことば、だと思う。

団地ありし場所に団地なく暗く揺れいるおびただしき草木の類

死神のようなる影は昼寝より目ざめしわれに追い払われる

カフェの窓に眺める景は静止する涯の明るさ　われは遠くに

若き日はおそろしき眩しさ　廃園に入りて寂しき枯茎の棘

雨の音ゆるく聴きつつ指先にカップの把手の丸みを撫でる

雨は rain　音はさみしく落ちてゆく暗き思考にくらき地上に

こころよせる人が触れしと声がいうピアノの鍵盤月光は射す

鍵盤に指先触れればたちまちにからだは君となりてしまえり

懐かしく指先はとらわれてゆく黒いダリアのようなピアノに

まるで許しでも乞うように海にくる今年の夏の落日は美し

波はついに泡沫となるを知りながら幾たびも寄すわが足元に

港の奥の曇り空にやわらかなほころびのありひかりまどろむ

透明なくらげのからだ　抱擁のあとのけだるいさびしさのごと

サーファーの沖まで泳ぎゆくまでに波なみ波にボード立ちおり

海に向きなにを思うかサーファーの背中はきっとまた別の人
貝殻のこまかき破片てのひらに集めてみても感傷ではない
寄せる波と引く波しばし拮抗す波打ち際の最後なる波
昏れる海は鋼のように反射してかたくななまでに拒むものあり

重波《しきなみ》の打ちよせるかなた光からひかりへわたる風があるなり

薄墨に紅の濃淡描きわける冬の牡丹を画に見つつたまゆら

湿疹がまた顔に出て軟膏を塗りて寝るなり裸馬こそうつくし

外の雨を窓に感じるたまさかにイェイツ詩集の馬駆けるなり

性欲は泡立つように起きてきて咲くはな、 はなを照らす夕光

朝顔が枯れゆく夏の終わりには若き戦没者おり長兄のごと

古き映像のなかに降る雨はスローモーションに真顔を濡らし

大陸の大河を渡る軍の馬　モノクロ写真に黒く潰れて

豚饅をともに買い来て食すとき存在感を出したり舌は

黙禱のはざまにあまた蟬の声　戦後はいつまで戦後であるか

酔芙蓉を見て帰りたるその夜になおともりいる花の色いくつ

ためらいのことばをそらにはなしたり鳥の軽さにことばは自由

古い寺の横に大きな沼があって、子供の頃はよくそこで遊んだ。いまはもう立ち入れない。

昔、沼へ行った記憶が真っ暗なドアの向こうに凝視している

沼が枯れる夢をまた見てごつごつとかたい鱗に手がある魚

記憶は、いつのころからか信用ならなくなった。それは本当に私のものなのか。

沼、はいつも黒く光りぬかたちなど持たぬ記憶の淫ら明るし

Ⅸ　円環する時間　冬春、夏秋

冬、春　～明るむ窓辺

あしもとに一樹のからだうつしだし冬の陽射しはながく留まる

鳩が降りて来るときの羽ばたきを春のようだと思い見ており

紅白の小さき丸餅幾たびも積みなおしたり黙しつつ子は

洗面所の鏡にしずむ顔を拭く　外のひかりは揺れておりいつも

夢のなかに貸し出し中で借りられぬ本あれば光の束のごとし

電線も電信柱も影になりこのゆうぐれにわすれてゆくよ

豆腐屋のバイクに暗き三人が寄りあい小銭の音などさせて

台所に置かれたままの袋から大根のあたまはみ出しており

珈琲のにがみを口にふくませて湖畔のような公園の景

大花壇のめぐりをゆるく歩きつつ毛深い冬のぬくもりにあり

枯芝に雀のむれのばらばらとばらばらばらと来ては去りゆく空へ

降る雪のかげやわらかに朝早き坂くだりゆくわれを包める

誰彼に好かれるよりも静かなる時間のなかの冬の景色よ

山中に細く立ちたる瀧の見ゆ　揺れの激しければ見失いたる

霧島の露天湯に入る冬のよる星を見ながら冷えてゆく顔

寒北斗眺めていればふいに泣きたいような口惜しさ　湯を出る

新幹線の鋭き音の過ぎゆきてかすか風景のえぐられし痕

養命酒を注ぎて飲みたるその間に火の用心の掛け声は行く

もうひとつ向こうの橋を自転車の一台過ぎてまた一台が過ぐ

八幡宮の御判を額にいただきて振り向くときに冬の陽を受く

水底にとどくひかりを身に受けて恩寵のごと小さき蟹は

冬の蠅硝子の窓にぶつかりてぶつかりながら上方へ消ゆ

大き羽音朝のベランダにおりたつ　ただすきとおる夢想のなかに

梅の花をところどころで目に留めて駅へと向かう簡素なる朝

下の歯が生えくる二月きさらぎのひとり遊びする子を抱きしめる

垂直に窓を過ぎりし鳥ありやましろき景に黒き尾をひき

風がふき散らばりてゆく光線を束ねるごとく噴水の尖端

諍いのはざまにいつも立ちており関東平野の寒さ緩みぬ

陸前高田マグロ漁船の船長の酔言を聞きぬ隣にくれば

まばらなる星空ながむ不安なるあたまのなかに星をいくつか

俯瞰図の東京ならば日本橋あたまのなかの痛きあたりは

痼癪のおさまらぬまま窓の外に鳥哭く声をまぶしく見たり

まっくらな湯舟の中にもうひとり影なるものの呼吸しており

精神をかたくたてつつ冬の木の影なるもののその潔さ

怒るゆえに影とがりゆき濃くなりて獣めきたり灰色の街に

おさなごの手をてぶくろごしに繋ぎつつ節分の日のひなた歩める

隣りあう幼き姉妹は本を読む陽射しをうつわに載せいるように

マスクしてドアを開ければ氾濫するひかりを入れて鍵をしめたり

鉄橋を渡る列車の窓くらく冬のむこうにゆきて戻らず

もういないひとのことなど思い出す牡丹雪ふる静かな朝は

雪を見ようと窓あけている君の背にまわりこみ降る雪片もあり

同じ向きに降る雪はなくそれぞれの軌跡をみせて落ちてゆくなり

雪片が川面に触れるいっときのつよさのごときやさしさが欲し

ベランダの欄干に来し雀二羽のはねに降りくる雪あたらしき

来ない電車ホームに待ちつつふざけあう子供の声のときに鋭し

枯葦のあかるきなかに立ちどまり子が行けばまた歩き出すかも

われの乗る横須賀線がするすると貨物列車を追い越す二月

長い光がずっとそこにさしていてその光のなかに佇む時間

夢とゆめのはざまにびっしりと本が埋まりし棚がせまり来

飲食をかさねる春のすぎゆきにひかりとどまる想いのありぬ

多摩川の流れにしばし目をおきて父の近況母より聞きぬ

輪のなかに輪を作りつつ春の雨、 水面を見つつ独り傘のなか

高島屋噴水広場にひとりいれば泣く子の多く集まってくる

ここにいないひとのことをあれこれと言いながら足元は突然の闇

縁日に掬いたる金魚冬こえて黒き目玉の大きくなりぬ

昼の月はそらに貼りつく　落下した洗濯物を子と拾いに行く

線路沿いの坂のぼりきて春あさき駅に呑気な池上線あり

ソプラノの笛ふきながら子どもらはすれ違うとき一列になる

太る春を水辺に眺む子はつねに光のなかを動いていたり

新宿で降りゆく人におしだされ一度降りたる新宿あわれ

繰り返す季節をいまだ追い越せず桜を見れば泣くような怒り

暗い雨がよふけの闇に降りしきる　大きな魚が横たわる闇に

こでまりのほのかな緑まならうらにしばらくありて去りて涼しき

幼子が弾くピアノの音が夢の中に紛れこみたり仕事の夢に

教会のわきに桜の木は熟れる悔恨はときに誰かの靴音

多摩川の桜並木のにぎわいを橋わたりゆく列車より見る

石庭に四月の雨は細く降る　松園に描かれし女の線のごとくに

雨音が錘のように落ちてゆく　ひとつの夜に妻と子は寝て

雨の字の雨くずれゆくあまあしの　あかるい雲を鳥一羽いく

ひとの眼があちらこちらで睨んでる　あまねく濡れる無色の雨に

粗暴なるダンプカーが迷い込むうつくしい路地の鉢を散らしに

バジルの葉をちぎりて缶にいれたるを子はなにゆえに隠れつつする

夕光の坂おりてゆくなかほどの土塀のさきに雪柳見ゆ

樹のしたにとめ置かれたる自転車に光の柱いくつ伸びいる

見上げれば音楽室のカーテンが揺れてまぶしき窓の外へと

おぼろなる夜の桜はフラッシュの光のなかでくきやかになる

散会の帰りの列のつらければひとり外れて水面を見るも

多摩川の暗き流れを畏怖したる古代人の貌車窓に映る

マンホールは泡立つほどに光りつつ坂の途中にばらばらとあり

なんとなく寝付きの悪い日が続く五月が妙に明るすぎれば

夏、秋　～さらに明るむ窓辺

それぞれのフロントガラスに雲は流れ流しつつゆく車もありたり

道ばたに青い風船落とさずに打ちあう子のいていなくなりたり

絵はがきの縄文杉に射す光こぼれはじめて手の甲にあかるむ

てのひらに銀の蟬をのせられて泣きし日のある夜までずっと

ゆうぐれにすれ違う人はみなどこかで会ったというような顔をする

食べ終えし皿をゆっくりつけゆけば氷河の崩れる音もするなり

水たまりを見なくなったと思いつつ歩けば意外に多くありたり

すれ違うひとはわたしの来た道を行き白昼の中に消えたり

沐浴の後入りくる風に当たりつつ子はひたすらに母の乳を飲む

ああ風が強いな　飲み過ぎた子を縦に抱き見るベランダの緑

君も子もよく眠る昼ぎらぎらと鱗のようなものが外には見えて

子が生れしその日の空にただ長いながい雲があったということ

向日葵も子も健やかに成長す七月の陽よ爆ぜるごとくに

朝方に子が泣きやむを待ちながら我はうとうと弁財天に会う

うつぶせに寝ること覚えし子と眠る休日の昼の室内の影

栗の花しきつめられた公園のぶらんこにあわくひかりのたまが

定まらぬ思考のあれば視線という先にあるものみなたよりなく

通用口で悲しい眼をしてのら猫は二度ほど小さな嘔吐をしたり
ながい雨がつづく七月、わたくしを責める言の葉溶かして流る
もののかげなべて動かぬ夏の午後　呼吸が浅くなるを戻して
携帯の振動音を聴きながらべったりとある室内のかげ
叶わざる種々《くさぐさ》の影の落ちており回収してゆくふたつの眼《まなこ》が

荒馬のごとき夕かげふくらみてしぼみゆくとき頭《ず》は重くなる

休日は明るきうちに風呂に入り子の身体洗い拭いてやるなり

階上にトイレの水を流すおと聴きつつ真昼のしろがねを織る

なつのそら展げられつつ冷房に冷えた軀でうつろうをみる

虫の声しげくなりたる公園に片寄りしソーサーの一方の軽さ

雨上がりの車窓に虹を見つけたり妻に教えて妻は子に教える

逸れゆきし颱風の雨に汚れたる窓を拭きいる暗きてのひら

流れゆく雲ありとどまる雲あり影を濃くして日の暮れながし

かなしみて颱風のかぜに流される雲のよごれに地は昏むなり

桜島を遠くに置きて颱風のかぜに乗りつつよぎりゆく鳥

ほおずきを求めるでもなく市に来てほおずき求む江戸風鈴と

灯したるひとのおもかげ揺らしつつ灯籠のあかり離れてゆけり

路地裏に置かれる鉢のふぞろいに亜種のくさばなあざやかなりし

硝子戸にぶつかり落ちし金蚕の肢《あし》それぞれに宙動きたる

暗き道に祭帰りの子供らがくらきひかりの道をつくりぬ

花火大会中止となりたる会場にテント幾つか灯りつつあり

日焼け止めクリームを塗りてやる子の腕に和毛のありて明るし

まだ足が床に届かぬ子と並び車窓の雲のおおきさを言う

巻物が巻かれるように一日が巻かれてゆきたり目を瞑るとき

うなる空は遠くにありて雨のなし揺れる樹影はつま先に触る

町内をめぐる御輿を遠くから行きと帰りに家族で見たり

甲虫が一晩かけて死にゆくをたまゆら月のひかりはさして

甲虫の蛹のかたちに祈りとは似ているものとぼんやり思う

子守唄をうたう君のうたごえが舟のようだよ私たちの乗る

坂の街に坂は最後まで暮れ残り子供の声が火のごとくする

酔い覚めの白湯のおもてはやわらかに口つけるたびほのか乱れる

月の裏にあかるい月があるようで今宵十五夜子と眺む、月

秋空のまだらな雲をうつしつつガラスのビルは都市にたなびく

室内の影はあかるしこの椅子に坐る我にはうまれない影

物井駅に停まりたる列車に赤とんぼ入り出でゆくひとときさみし

手水舎の脇に垂れいる萩の花　風は光のように眩しき

灯されて誰も歩かぬ細道にひとむれの萩戯れに触る

秋の田の野焼きの匂いうちに入れ外房線は海を目指しぬ

日が洩れる林の中にしろがねのながき滑り台見つけてさびし

長き滑り台を子と共にすべりゆけば少し先の未来に着きたる

楽の音を聴くともなしにまぼろしの雲中供養菩薩像うかぶ

前のひとのスマホの明かりうつりたるバスの車窓に夕闇がくる

このバスを追い越してゆく赤き灯を追えなくなるまで見つめていたり

腕時計の時間を直し歩きだすその道草に山吹の黄が溢る

眠れずに窓をあければ弾力をもちたる風が強引に入る

遅く帰りきたる夜の玄関に鈍く照らされるつわぶきの花

なでしこを撮ろうとすれど風やまず風やまざれば共に揺れいる

多摩川の芝生にボール蹴りあいて夕べになれば子と帰りたる

雲のなき空のおもてに群鳥の哭くこえはみな地に落ちてくる

君と子の風呂に入りゆくその間に寝転びて聴く伊豆の波音

海原のムーンロードを眺めつつ夫になり父になり　たゆたう我よ

新しき場所で眠れぬ子を抱きて夜の堤防に潮騒を聴く

黒曜石を触る間に隣室のシャワーを浴びる水の束の音

生きながら逝きし誰かをおもうときいつもまぶしき曇天はあり

馬込の松と月の静けさ描きたる巴水をおもい夜道を歩く

夜遅く帰りきて食う冷や奴に牡蠣醤油たらせば子の起きてくる

豆腐屋の喇叭の音が角に来て日は暮れてゆく秋分の夕

暮れてゆく旗の台駅の長椅子に子とならびつつ会話少なき

ミソハギの花のむこうのまぶしさに水鳥は来て光をこぼす

池という光のふちを歩きつつひかりにみえるあらゆるものは

いつまでも小さき子を乗せ日の暮れる空のかなたに話しかけおり

紅葉のいまさかりなる寺に来て知らない人をなつかしく見る

撞く鐘の音きこえきてときながしもうよいと思うまでひとり

しずかなる小路にしゃがみ団栗を拾うわが子の背中明るむ

遠くきて風鈴の音を聴きおれば幼き日の祖父母が恋し

昼の月を指さしながら子も我もつまずきそうになりたり月に

ああ雲の突端にある灯台に秋のわたしは吸い寄せられて

X　ふたたび、即興的に

沼を埋めたのちは、高層のマンションでも建てるのだろうか。

太き杭があの沼の底をつらぬいてゆくとき痛い、と私は思う

闇に闇が覆いかぶさって森のなか銃口はひかる眼のごとし

囚われたる重衡　僧に囲まれうなだれいるを陰より見たり

ドビュッシー「月の光」は、変ニ長調、八分の九拍子。

畳のうえに月の光は満ちていて流れゆくときを知りて待ちたる

満ちる月のうらがわ昏きつきの海わたしの知らないわたしのうみよ

にんげんに尾がありし頃の感情にもどりて泣きたし夜の砂漠に

祈りのように夜は蒼く明けてゆく　身の裡にかたく蠍動かず

空、というのは、じつに無限。心と同じで際限がない。大いなる哉　心や。

責めるならせめよわたしは蝶になり鳥になり虹になりこの空に

雨のなかをもつれあいながらおちていく二羽の雀のあかるい残像

ずいぶんまえに許しているよ雨のなかに佇むひとよ雨はあたたかい

金木犀のきんのひびきともくせいのおとのふかさよ　私も秋だ

秋も、春も、いのちが明るむおだやかな季節だ。

せかい、と言えばこぼれる麦酒の泡がいのちのようだ　春夜

金の草揺れる空き地のその先に海あるような終の明るさ

長考の雲くれのこり　電柱にやがてともるは人声にあらむ

窓の辺の明度おちたる日の暮れに往来のかげ鳴くを聴きたり

見る、という行為には、何かを切望する、ひたむきさがあって、いとおしい。

不安という叫びのようなわたなかにひとしく光る冬濤をみる

その影のようなる一羽　逆光のまぶしきなかに声だけのこし

月食のはじめとおわり肉眼で見終えて眠る　たつのおとしご

崩壊、　に至らず朝は日輪をあがめたてまつる裸形のわれら

沈める寺　音なく降る雨の映像にみずのはなひらく追憶のごと

ドビュッシー前奏曲「沈める寺」享楽と背徳は水没して海の底に。

岬という場所は、いつの時代も、苦しい胸の内を開き、天に聴かせる神聖な場所である。

迫害を逃れて佇む岬かな　わだつみに降る紗のごとき雨

鳥のように羽ばたく人もいただろう夢に遊びし虹の岬に

苦しみに暴れているのは我、否それはわたしの沼に棲む古代魚

自我、というのは、いったい何者か。本当の私か、偽物のわたしか。

その声のさきには霧にかくれつつわたしが逃げるみずうみがある

その声を、その息を、もう奪うなよ。未知なる光の冠、日輪の化身なれば。

その死よ、その息よ翔べ、朝風に吹かれるままに都心の夜明け

蠢きいるいのちのまなこ復活のごとき草木の春に、撃つ声

あとがき

『暁の声、群青の風』は私の第一歌集である。大学生の時に作歌を始めてからもう二十年を超えた。その間にできた歌、約六千首以上の中から五百首あまりを選んで一冊とした。歌の並びは、編年順ではなく、十のテーマに基づいて選歌構成した。ただしⅡとⅦは、それぞれ同時期に制作したもので構成している。

今思えば二十年という歳月は、あまりにも長く、そして世の中にも自分自身にも様々なことがあった。いろいろな事が起こりいろいろなものが変わってしまった。どちらかと言えば良い方に変わって来ていると信じているが、世の中は常に新しい試練とスリリングな冒険に満ちている。

この二十年間に私が作ってきた歌を傍観するに、やはりいろいろな傾向のものがあった。なるべく偏らないように幅を持たせて選んだつもりである。また歌を選ぶに際しては、その瞬間瞬間の感情や熱量がしっかりと込められているものかどうかを基準にして選んだ。安易な表現のものや、弱音や負の感情の吐露などといった歌は極力外すようにした。あからさまな時事詠も構成上の理由から外した。

歌集タイトルは、短歌を始めた頃の記憶の中で、最も鮮明に残っている、都心の夜明け前のブルー、をイメージできるものにしようと、色々と考えた末、『暁の声、群青の風』を題とした。この言葉がイメージする世界を、これからの私の確かな世界にしていきたい。

出版に際し、青磁社の永田淳様、装丁の花山周子様には大変お世話になりました。また日頃から塔東京歌会の花山多佳子先生、小林幸子先生をはじめ、塔短歌会の選者の方々、先輩方、友人にはいつも多くの愛情と刺激をいただいております。心より感謝申し上げます。

令和二年　水無月

徳重　龍弥

塔21世紀叢書第373篇

歌集　暁の声、群青の風

初版発行日　二〇二〇年九月二十九日

著　者　徳重龍弥

定　価　二三〇〇円

発行者　永田　淳

発行所　青磁社

京都市北区上賀茂豊田町四〇―一（〒六〇三―八〇四五）

電話　〇七五―七〇五―二八三八

振替　〇〇九四〇―二―一二四二二四

http://www3.osk.3web.ne.jp/~seijisya/

装　幀　花山周子

印刷・製本　創栄図書印刷

ISBN978-4-86198-478-5 C0092 ¥2300E